FAIS-MOI PEUR!

© 2013 Les Publications Modus Vivendi inc. pour l'édition française.
© 2013 Disney·Pixar. Tous droits réservés.

Presses Aventure, une division de
Les Publications Modus Vivendi inc.
55, rue Jean-Talon Ouest, 2ᵉ étage
Montréal (Québec) H2R 2W8
CANADA
www.groupemodus.com

Publié pour la première fois en 2013 par Golden Books, une division de
Random House sous le titre original *Monsters University – Dare to Scare*

Éditeur : Marc Alain
Traduit de l'anglais par Karine Blanchard

Dépôt légal : Bibliothèque et Archives nationales du Québec, 2013
Dépôt légal : Bibliothèque et Archives Canada, 2013

ISBN 978-2-89660-651-1

Nous reconnaissons l'aide financière du gouvernement du Canada par
l'entremise du Fonds du livre du Canada pour nos activités d'édition.

Gouvernement du Québec — Programme de crédit d'impôt pour l'édition
de livres — Gestion SODEC

Imprimé au Canada

FAIS-MOI PEUR!

Adapté par Calliope Glass
Illustré par David Gilson

Je m'appelle Mike Wazowski. Quand j'avais six ans, avec ma classe, nous avons fait une sortie scolaire chez Monstres, Inc. Avant cette visite, j'étais seulement

Mike. Mais, ce soir-là, quand je me suis mis au lit, j'étais devenu Mike Wazowski : future terreur.

À cette époque, j'étais le plus petit monstre de toute ma classe, et les autres élèves ne s'occupaient pas tellement de moi.

Parfois, ça me démontait, mais, ce jour-là, rien ne pouvait me démoraliser. J'étais bien trop emballé.

–Restez toujours ensemble, nous a dit le guide, alors qu'il nous entraînait dans une pièce immense. Nous

nous apprêtons à entrer
dans une zone hyper
dangereuse. Bienvenue
au Niveau Terreur.

Les monstres
s'affairaient tout autour.
Ils transportaient des
bonbonnes à cris,
installaient des portes
sur les stations et
consultaient leurs listes.

–C'est ici que nous amassons l'énergie des cris qui sert à faire fonctionner notre monde, nous a expliqué le guide.

Des monstres bien entraînés, appelés « terreurs », utilisaient des portes spéciales pour s'introduire dans les chambres d'enfants humains pour les effrayer.

Les cris des enfants étaient récoltés, puis entreposés. Le métier de

terreur était un métier
dangereux, parce que
les enfants humains
étaient considérés
comme toxiques pour
les monstres.

Mon cœur a fait
un bond quand les
terreurs sont entrées
sur l'étage. Je les
trouvais tellement cool.

L'un d'entre eux s'est arrêté pour nous parler.

Mon enseignante, Mlle Graves, lui a dit que nous étions là pour apprendre ce qu'il fallait pour devenir une terreur.

La terreur nous a montré sa casquette, sur laquelle étaient brodées les lettres MU.

–J'ai tout appris à l'école
de la peur, nous a-t-il dit,
à l'Université des
Monstres. C'est la
meilleure école de
toutes.

La terreur s'est ensuite dirigée vers l'une des stations. Nous étions sur le point de voir une vraie terreur en direct! Mais j'étais coincé à l'arrière du groupe et je ne voyais rien.

—Laissez-moi passer!
Je veux voir! ai-je crié.

—Enlève-toi de là, Wazowski, m'a dit un des garçons de la classe. Tu n'as rien à faire ici, de toute façon.

« Oui, j'ai ma place ici ! » me suis-je dit. Je me faufilai alors au-delà de la ligne de sécurité pour mieux voir.

Tandis que la terreur à la casquette MU s'approchait de la porte, j'ai fait un pas en avant pour ne rien manquer. Il a passé la porte et, sans que je m'en rende compte, j'ai traversé avec lui !

La terreur n'a pas remarqué que j'étais derrière lui. Il a longé un mur de la chambre. Il a pris position.
Il s'est élancé, puis il a RUGI! C'était le truc le plus dément que j'avais jamais vu!

Alors que les cris de l'enfant étaient recueillis dans la bonbonne à cris, la terreur s'est dépêchée à repasser la porte qui la ramenait chez Monstres, Inc. Je l'ai suivie. La tête me tournait.

De retour du côté
de Monstres, Inc.,
tout un groupe de
monstres m'attendait :
des ouvriers, des
agents de sécurité
et, évidemment,
Mlle Graves. Dès qu'ils
m'ont aperçu, ils se
sont tous mis à me crier
après en même temps.

La terreur que j'avais suivie semblait très en colère.

–C'est vraiment dangereux, ce que tu viens de faire, m'a-t-il dit. Je ne savais même pas que tu étais là.

Puis, à ma grande surprise, il m'a fait un clin d'œil et m'a

donné sa casquette
de l'Université des
Monstres. À ce moment
précis, le pétrin dans
lequel je m'étais mis
n'avait plus du tout
d'importance.

– Wazowski, m'a dit
Mlle Graves, visiblement
fâchée. Qu'as-tu à me
dire pour ta défense?

Je lui ai souri.

—Qu'est-ce que je dois faire pour devenir une terreur ?

À compter de ce jour, j'étais résolu et déterminé. La meilleure façon de devenir une vraie terreur était

d'être admis dans
une bonne école, et je
savais précisément où
je souhaitais étudier :
à l'Université des
Monstres. J'avais
toujours sur la tête la
casquette MU que la
terreur m'avait offerte.

Après des années
d'efforts, mon travail
a porté ses fruits.
Je fus enfin admis
à l'Université des
Monstres !

CHAPITRE 2

C'était ma première

journée à l'Université

des Monstres.

En entrant sur le

campus, je regardai

partout autour,

impressionné par les

édifices. Il y avait
devant mes yeux des
monstres géants qui se
baladaient à vélo ou
jouaient au Frisbee, des
monstres aquatiques qui
nageaient dans le canal
entourant les bâtiments
et des monstres ailés
qui fendaient l'air
juste au-dessus.

Après m'être inscrit,
je me rendis à la
foire d'activités de
début d'année.
En passant devant le
kiosque du Conseil
des Associations,
le monstre derrière
le comptoir dit :

—Nous commanditons les Jeux de la Peur annuels!

—Les quoi? demandai-je en m'approchant de la table.

Le président et le vice-président du Conseil des Associations étaient à la tête de toutes les fraternités et

les sororités, les clubs
sociaux de l'université.
Ils m'expliquèrent
comment fonctionnaient
les Jeux.

—C'est une compétition
hyper impressionnante,
me dit le v.-p. C'est ta
chance de prouver que
tu es le meilleur !

J'avais en effet l'intention d'être le meilleur, alors je pris un dépliant et me dirigeai vers les dortoirs.

En approchant de ma chambre, mon pouls s'accéléra. Je m'apprêtais à rencontrer mon nouveau compagnon de chambre. « Mon nouveau meilleur ami pourrait bien se trouver là-dedans », pensai-je.

J'ouvris la porte et je vis un grand monstre tapi dans l'ombre. Il était couvert d'écailles mauves et il portait des lunettes.

—Je suis Randall Boggs, me dit-il en s'approchant, la main tendue. Étudiant en terreur.

Randall me semblait gentil, mais surtout très nerveux. Chaque fois que quelque chose le faisait sursauter, il disparaissait en se camouflant dans l'arrière-plan.

Tandis que nous nous installions dans la chambre, je révisai ma liste de choses à faire.

—Défaire mes valises :
fait ! dis-je à voix
haute. Accrocher
mes affiches : fait !
Ne me reste plus qu'à
exceller dans mes
cours, obtenir mon
diplôme avec mention
et devenir la meilleure
terreur de tous les
temps.

—J'aimerais être aussi confiant que toi, Mike, dit Randall. Tu n'es même pas un peu nerveux?

—En fait, pas du tout, répondis-je en parcourant des yeux le splendide campus par la fenêtre. J'ai attendu ce moment toute ma vie.

Le lendemain, je me dépêchai pour ne pas être en retard à mon premier cours,
Terreur premier niveau, qui se donnait dans le Département de la Peur, le plus imposant édifice de tout le campus.

En grimpant l'escalier du bâtiment, j'étais

sous le choc. Les plus grandes terreurs de l'histoire avaient gravi ces marches. Dans la classe, j'aperçus une statue du professeur Hardscrabble, la doyenne du Département de la Peur. C'était une véritable légende vivante.

Une bonbonne à cris contenant son cri qui avait fracassé tous les records était posée au pied de sa statue.

Je m'installai dans la première rangée. Au moment où le professeur Knight se présentait devant la classe, une ombre assombrit la pièce.

Un immense monstre ailé vint se poser devant nous. C'était la Doyenne Hardscrabble!

–Je passais simplement pour voir les nouveaux visages terrifiants qui s'étaient joints à nous cette année, dit-elle en faisant résonner les pas de ses nombreuses pattes sur le sol de pierre. La capacité à faire peur représente la vraie valeur de tout monstre. Si vous n'êtes pas terrifiant, quelle sorte de monstre êtes-vous?

Un lourd silence pesait sur le groupe. Tous les étudiants attendaient qu'elle poursuive.

–À la fin de la session, reprit la Doyenne, vous subirez un examen final. Si vous échouez cet examen, vous serez exclu du cursus Terreur.

Sur ces mots terrifiants,
Mme Hardscrabble quitta
la pièce, s'envolant par
une grande ouverture
dans le plafond voûté
de la salle de classe.

Devant le murmure
inquiet des étudiants,
le professeur Knight
s'avança et tapa fort
dans ses mains.

—Bon, bon, qui peut m'énumérer les principes de base d'un rugissement efficace?

Je levai la main.

Le professeur me pointa du doigt. J'allais répondre quand…

— ROAAAAAAAAR!

C'était le rugissement le plus féroce que j'aie jamais entendu. Tous les étudiants se retournèrent pour voir d'où une telle force pouvait provenir.

Un immense monstre se tenait sur le pas de la porte. Il était couvert de fourrure bleue tachetée de mauve et il était muni de longues cornes et de grandes griffes.

–Oups, désolé! dit-il en riant. J'ai entendu le mot «rugissement», alors je me suis laissé aller.

Il se faufila dans la classe, à la recherche d'un siège vide.

Le professeur Knight semblait surpris.

–Plutôt impressionnant, monsieur…
commença-t-il.

–Sullivan.
James P. Sullivan, répondit le monstre bleu. Vous pouvez m'appeler Sully.

La confiance semblait lui sortir par les oreilles ! On apprit plus tard qu'il était le fils de Bill Sullivan, une légende.

Toute la classe n'avait d'yeux que pour lui. Même le professeur semblait m'avoir oublié.

—Pardon, lui dis-je.
Est-ce que je devrais
poursuivre?

—Non, répondit-il.
Monsieur Sullivan
nous a fait une parfaite
démonstration.

Sully sourit. Il se laissa
tomber sur une chaise,
puis se tourna vers
son voisin.

—Je peux t'emprunter un crayon ? demanda-t-il. J'ai oublié tout mon matériel.

Le jeune monstre tendit un crayon à Sully, et celui-ci se mit à se curer les dents avec.

Je me dis alors que ce Sully et moi ne serions jamais de bons amis.

Ce soir-là, j'avais complètement oublié le personnage. Après une journée de cours, j'avais la tête qui bourdonnait. Randall voulait que je l'accompagne à une fête, mais je préférais étudier. L'examen final était dans à peine quelques mois.

Je venais à peine d'ouvrir mes livres quand une créature étrange apparut à ma fenêtre. Elle s'élança dans la pièce, renversant tout sur son passage. Puis, elle se glissa sous mon lit.

Une seconde plus
tard, un autre monstre
apparut. C'était Sully !
Il grimpa et se faufila
par la fenêtre ouverte.

—Hé! lui dis-je. Mais qu'est-ce que tu...

Il me fit signe de me taire. Je regardai dehors et je vis passer un groupe de gars vêtus de blousons à l'effigie de la Panitechnique, l'école rivale de MU.

—Ce gars-là va avoir des ennuis, dit l'un d'eux.

Je compris alors qu'il parlait de Sully.

—Hé, les gars ! Par ici ! cria un autre monstre de la Panitechnique.

Sully éclata de rire.

—Des tarés de la Pani, dit-il.

—Que fais-tu dans ma chambre? lui demandai-je.

—Ta chambre? rétorqua Sully en regardant autour. Tu as raison, ce n'est pas ma chambre.

Un couinement se fit entendre sous le lit.

—Archie, reviens ici, mon petit, dit Sully.

—Archie? demandai-je.

—Archie le Cochomoche, la mascotte de la Panitechnique, expliqua Sully.

Je veux l'emmener aux Rois d'Omega Ror, la meilleure fraternité du campus.

Il souleva le lit. Archie bondit et sauta sur une étagère pleine de livres. Elle bascula sur Sully et moi.

Sully éclata encore de rire.

—Je ne me suis pas présenté, dit-il. James P. Sullivan.

—Mike Wazowski, répondis-je froidement. Écoute, ça m'a fait bien plaisir de te rencontrer, mais, si ça ne te dérange pas trop, j'aimerais bien continuer à étudier.

—Pfft! fit Sully.

La terreur, ça ne s'étudie pas. Ça se fait naturellement, c'est tout.

Ce gars-là commençait à me tomber royalement sur les nerfs. J'allais lui dire de faire de l'air quand Archie s'empara de ma casquette MU et

plongea dehors par
la fenêtre.

—Ma casquette!
criai-je en me lançant
à sa poursuite.

—Ma mascotte! hurla
Sully en sautant
derrière moi.

C'est qu'il était rapide, ce
Cochomoche! Je sautai

sur son dos, mais il ne
ralentit pas d'une miette.
Je me retrouvai à faire
un tour à dos de cochon !
Il fila jusqu'à l'Allée
des fraternités, là où on
retrouvait les édifices des
différentes associations.
La course aboutit au beau
milieu de la fête des
Rois d'Omega Ror.

Je tombai enfin de ma monture. Sans réfléchir, j'attrapai un ballon de football et le lançai de toutes mes forces sur une rangée de vélos bien cordés.

Les vélos tombèrent comme des dominos, puis firent basculer une grosse poubelle.

Archie fila droit dessus !

—Je t'ai eu ! criai-je en
récupérant ma casquette.

—Vive MU ! On est les
meilleurs ! cria Sully
en nous soulevant,
Archie et moi, devant la
foule d'étudiants réunis.

Tout le monde
applaudit.

Un immense monstre portant un blouson marqué ROR s'avança.

–Johnny Worthington, président des Rois d'Omega Ror, dit-il. Un petit nouveau qui a le cran de faire un truc du genre? Moi, je dis qu'il a de l'avenir comme future terreur.

Johnny mit son bras
autour des épaules
de Sully et l'entraîna
dans la maison des
ROR. Je les suivis.
Après tout, c'est moi
qui avais attrapé
Archie.

—Désolé, mon petit, dit Johnny en se penchant pour être à ma hauteur. Tu ferais mieux de t'en tenir à des gars de ton calibre. Ces petits monstres ont l'air sympa, non?

Johnny montra du doigt un groupe de monstres postés à

côté d'une table où se trouvaient un gâteau et des ballons. C'étaient les monstres les moins effrayants que j'aie jamais vus.

—Hé, toi! me dit l'un deux. Tu veux te joindre aux Oozma Kappa?

Je n'arrivais pas à croire que Johnny m'envoie vers ces gars-là.

—C'est une blague? lui dis-je, de plus en plus en colère.

—C'est une fête pour les étudiants en terreur, me dit Sully.

—Mais je suis un étudiant en terreur ! criai-je.

—Je parle des étudiants en terreur qui ont la moindre chance de réussir, ajouta Sully.

C'en était trop. J'en avais plus qu'assez de ce type.

—Mes chances sont aussi bonnes que les tiennes, lui dis-je. Je vais t'en faire voir de toutes les couleurs, cette année !

—J'ai bien hâte de voir
ça, dit-il en riant.

—Rassure-toi, dis-je
en remettant ma
casquette MU
avant de me diriger
vers la sortie.
Oui, tu vas voir !

CHAPITRE 4

Jusqu'à la fin de la
session, j'étudiai comme
je n'avais jamais étudié
de ma vie. C'était tout
juste si je ne dormais
pas dans la bibliothèque.

Je commençai à obtenir de bons résultats. J'avais des A dans tous mes examens. Je remarquai que Sully n'avait que des C. On verrait bien qui allait devenir la plus grande terreur du campus.

Le jour de l'examen final venu, j'étais plus que prêt.

— L'examen mesurera votre habileté à terroriser grâce au simulateur de peur, nous informa le professeur Knight.

Il se tenait au milieu
de la classe à côté
de la machine qu'on
avait installée là
pour l'occasion. Le
simulateur était en
fait une pièce fermée
où l'on pouvait
évaluer à quel point
un monstre savait être
terrifiant.

Ça ressemblait à une chambre d'enfant humain. Le simulateur comportait même un genre de mannequin robotisé qui criait.

Plus le monstre était terrifiant, plus le score enregistré par le simulateur était élevé.

Un à un, les étudiants furent appelés à l'avant pour exécuter leur terreur. Je vis Mme Hardscrabble entrer dans la classe. Elle assista aux examens en silence.

En attendant mon tour, je m'exerçais dans un coin. Soudain, Sully

passa à côté de moi,
renversant ma pile de
livres.

—Hé, tu pourrais faire
attention ! lui dis-je.

—Ou pas, répondit
Sully en riant.

—Laisse-moi
tranquille, lui dis-je.

Moi, j'ai dû travailler fort pour être admis dans ce programme.

—C'est parce que tu n'as rien à faire ici, rétorqua Sully.

Je lui rugis au visage, pour lui montrer de quoi j'étais capable.

Il tiqua, puis rugit à son tour. Puis, avant que je m'en rende compte, nous étions lancés dans un combat de rugissements, en pleine période d'examens finaux, devant nulle autre que la Doyenne.

Tout à coup, Sully perdit pied sur l'un

de mes livres tombés
par terre et bascula
sur la statue de la
Doyenne Hardscrabble.
La bonbonne à cris –
celle qui contenait le
cri briseur de records –
commença à chanceler.
Je regardai, horrifié,
alors qu'elle tombait et
frappait le sol.

Elle explosa, filant
dans les airs et laissant
échapper son précieux
cri.

La bonbonne bondissait
dans tous les coins.
Les étudiants baissaient
la tête pour ne pas
la recevoir en pleine
figure.

Quand le cri s'éteignit enfin, un horrible silence s'abattit sur la classe. La Doyenne Hardscrabble s'avança vers nous.

—Je suis tellement navré, dis-je.

—C'était un accident, ajouta Sully.

La Doyenne ramassa la bonbonne à cris, vidée de son contenu. Elle semblait étrangement calme.

—Personne n'est à l'abri des accidents, dit-elle. Ce qui compte, c'est que personne n'ait été blessé.

—Vous réagissez remarquablement bien, dis-je nerveusement.

—Poursuivons avec les examens, dit-elle. Monsieur Wazowski, je suis une fillette de cinq ans, sur une ferme du Kansas, et j'ai une peur bleue des orages. Quel type de terreur utilisez-vous ?

J'étais confus. Et le simulateur, dans tout ça ?

—Quel type de terreur utilisez-vous ? répéta-t-elle.

—L'Approche dans l'ombre, suivie du Cri crépitant, répondis-je.

–Faites-en la démonstration, dit-elle.

Je pris une profonde inspiration, puis...

–Arrêtez ! ordonna Hardscrabble. Ce sera tout, dit-elle avant de se tourner vers Sully. Je suis un jeune garçon de sept ans et...

Sully l'interrompit d'un de ses terribles rugissements.

Hardscrabble ne broncha même pas.

—Je n'avais pas terminé, dit-elle.

—Je n'ai pas besoin de savoir ces trucs-là pour faire peur, se vanta Sully.

—Ces « trucs-là », comme vous les appelez, vous auraient informé que l'enfant en question a peur des serpents, lui dit la Doyenne.

Un rugissement ne
le ferait pas crier,
il le ferait pleurer;
ce qui alerterait ses
parents et exposerait le
monde des monstres,
détruisant du coup
notre univers tel que
nous le connaissons.

Je suis donc désolée
de vous annoncer
que vous ne ferez
plus partie du cursus
Terreur.

–Mais je suis un
Sullivan ! s'indigna
Sully.

—Alors je crois bien
que votre famille sera
affreusement déçue,
dit-elle.

Hardscrabble se
retourna vers moi.

—Et vous, monsieur
Wazowski, ce qui vous
manque ne s'enseigne
pas, dit-elle. Vous

n'êtes pas terrifiant. Vous

quitterez, vous aussi,

le cursus Terreur.

CHAPITRE 5

Les semaines qui
suivirent furent les
pires de toute ma vie.
Tout ce pour quoi
j'avais tant travaillé
s'était envolé.

Et c'était la faute de
ce satané Sully.

J'étais presque résigné
à abandonner mes
études pour de bon.
Puis, je tombai sur le
dépliant des Jeux de la
Peur que j'avais ramassé
lors de ma première
journée sur le campus.

Il me vint soudain
une idée. C'était là
ma chance de prouver
à tout le monde ce
que je pouvais faire.
Les Jeux de la Peur
pouvaient changer
le cours de
mon destin.

Je n'avais pas de temps à perdre. Les inscriptions avaient lieu ce jour-là !

Je me dirigeai vers l'Allée des fraternités. Une immense foule y était rassemblée. Toutes les fraternités et toutes les sororités s'y trouvaient.

La Doyenne
Hardscrabble y était
aussi, prononçant
un discours pour
l'ouverture officielle
des Jeux.

—Quand j'étais
moi-même étudiante,
j'ai instauré ces jeux
à titre de compétition
amicale, déclara-t-elle.
Mais, tenez-vous-le pour
dit, pour remporter le
trophée, vous devez
vraiment être le monstre
le plus terrifiant
de tout le campus.

—D'accord, dit le v.-p. du Conseil des Associations. Les inscriptions pour les Jeux de la Peur sont officiellement comm…

—Je veux m'inscrire ! criai-je.

J'entendis derrière moi Johnny Worthington et sa troupe de ROR éclater de rire. Je les ignorai.

—Tu dois faire partie d'une fraternité pour participer, me dit le v.-p.

J'y avais pensé.

—Attention, annonçai-je. Faites place à la fraternité gagnante des prochains Jeux de la Peur : les frères — mes frères — d'Oozma Kappa !

—Monsieur Wazowski, tonna la voix puissante de la Doyenne

Hardscrabble par-dessus la foule. Mais qu'est-ce que vous faites ?

— Vous êtes partante pour un petit pari ? lui demandai-je.
Si je gagne, vous me laissez reprendre le cursus Terreur.

Des sursauts de surprise parcoururent la foule. Hardscrabble semblait inébranlable.

—D'accord, dit-elle. Si vous gagnez, je vais admettre toute votre équipe dans le cursus Terreur. Mais si vous perdez, vous devrez

remballer vos affaires
et quitter l'Université
des Monstres pour
de bon.

—Marché conclu,
répondis-je.

—Maintenant, reprit
Hardscrabble, il ne
vous reste plus qu'à
rassembler suffisamment

de membres pour participer.

Pour avoir la possibilité de participer à la compétition, chaque équipe devait compter six monstres.

Moi inclus, Oozma Kappa ne comptait que cinq membres. Il nous manquait un monstre.

J'allai trouver Randall et le suppliai de se joindre à mon équipe, mais il m'annonça qu'il faisait déjà partie d'une fraternité, les ROR.

—Ton équipe ne peut pas se qualifier, me dit le président du Conseil des Associations.

—Oui, elle le peut, déclara soudain une grosse voix. Le joueur étoile vient tout juste d'arriver.

Je me retournai et je
vis Sully. Évidemment.
Après son échec à
l'examen final, les ROR
n'avaient plus voulu
de lui.

—Pas question !
N'importe qui
d'autre, mais pas lui !
m'exclamai-je.

Mais il n'y avait
personne d'autre. J'avais
besoin de lui dans mon
équipe.

—Bonne chance, dit alors
Mme Hardscrabble sur

un ton qui me donna
la chair de poule.

Dès que je mis les
pieds dans la maison
d'Oozma Kappa,
je me demandai si
je ne venais pas de
commettre une grave

erreur. Je compris tout
de suite que quelque
chose n'allait pas. Il
y avait des bidules et
des bibelots partout.
Cet endroit ressemblait
vaguement à la maison
de ma grand-mère !

—En tant que président d'Oozma Kappa, il est de mon devoir, et c'est aussi un honneur pour moi, de vous accueillir dans votre nouvelle maison, dit un monstre appelé Don.

Don semblait avoir l'âge de mon père.

Ensuite, Terri et Terry se présentèrent. Il s'agissait de deux frères; deux têtes partageant un seul corps. Ils devaient en avoir assez d'être toujours ensemble. Ils s'obstinaient sans arrêt.

—Salut ! Moi, c'est Art !
dit un petit monstre
mauve et poilu.
Je suis heureux
de vivre avec vous,
de rire avec vous et
de pleurer avec vous.

Art étudiait la
philosophie
nouvel-âge. Rien
de bien terrifiant.

—Il ne reste plus
que moi, dit un
petit monstre.

Sully sursauta.
Il ne l'avait pas vu
arriver, celui-là.

—Mes amis m'appellent
Squishy, continua-t-il.
Je suis sans-papiers,
sans attaches et...

sans amis, partout
où je vais, sauf ici.

La maison des OK
appartenait à la mère
de Squishy, ce qui
expliquait sans doute
la présence des bibelots.

Comme nous étions
les deux nouveaux
arrivants, Sully et moi

devions partager une chambre. Aussitôt que je me retrouvai seul avec lui, Sully me lança, hargneux :

—Non, mais, tu veux rire de moi ?

—Écoute, ils n'auront rien à faire, le rassurai-je.

Je vais porter le poids
de toute l'équipe.

– Ah bon? dit Sully.
Et qui va porter TON
poids?

Sully allait vraiment
me compliquer la vie.
Je le sentais. Mais
j'avais bien appris
ma leçon pendant les

examens finaux du cours de Terreur. Je n'allais certainement pas laisser Sully gâcher mes plans.

D'ailleurs, nous étions sur le point de voir ce dont il était vraiment capable.

Le lendemain, je reçus une invitation à participer à la première épreuve des Jeux de la Peur.

CHAPITRE 6

Le lendemain soir,
nous devions nous
rendre dans un tunnel
d'égout sous l'université,
là où la première
épreuve des Jeux de

la Peur devait avoir lieu. Les autres équipes étaient déjà en place : les Rois d'Omega Ror (ROR), les Hyènes Si-Si (HSS), les Joks Thêta Clac (JOX), les Pinks Nu Kappa (PNK) et les Sœurs Sigma Kappa (EEK).

—Nous vous souhaitons
la bienvenue dans votre
pire cauchemar,
les Jeux de la Peur,
dit le vice-président du
Conseil des Associations.
Voici venu le moment
de la première étape :
l'Épreuve des toxiques.

—Les enfants humains
sont toxiques ! dit
le président. Et tout
ce qu'ils touchent
l'est aussi.

—Nous n'avons aucun
jouet toxique, mais,
grâce au Département
de biologie de
l'université, nous avons

quelque chose qui s'en
approche drôlement,
dit le v.-p. L'oursin
lumino-vénéneux !

Il prit une paire de
pinces, puis saisit
une espèce de créature
mauve et brillante.
Des étincelles électrisées
ornaient chacun des

pics aiguisés de l'étrange
bestiole.

Le président nous
exposa les règles.
Les équipes devaient
faire la course dans
le tunnel d'égout rempli
d'oursins. La dernière
équipe arrivée serait
éliminée des Jeux.

Squishy apparut à
mes côtés, me faisant
sursauter.

—Ça veut dire que,
si on perd, on est cuits ?
dit-il.

—On ne perdra pas. Je
vais gagner pour nous
tous, lui répondis-je.

—C'est bien gentil, Mike, dit Sully en me bousculant. Mais c'est MOI qui vais gagner.

Je me plaçai sur la ligne de départ. C'était le moment de montrer à Sully lequel de nous deux était la plus grande terreur.

—Attention! cria le président. Un petit détail… Les terreurs travaillent dans le noir.

Toutes les lumières s'éteignirent aussitôt. Les seules lueurs qu'on pouvait voir provenaient des oursins eux-mêmes.

—Je veux rentrer à la maison, gémit Squishy.

—À vos marques !
cria le v.-p.

Je dévisageai Sully.

—Prêts ?

Il me dévisagea à son tour.

—Partez !

Je m'élançai, évitant
de justesse les oursins
lumino-vénéneux
qui jonchaient le sol.
Je me penchai tandis
que d'autres oursins
arrivaient des airs,
lancés par d'autres
monstres postés sur
une galerie au-dessus
de nous. Je gardais

toujours un œil sur Sully. Pour un gars de sa taille, il avançait plutôt vite!

—Ah! cria Sully alors qu'un oursin le piquait sur l'épaule. Je pris les devants. Je me retournai pour rire de Sully un bon coup, puis… Ouch!

Je fonçai sur un oursin
et tombai.

Je me relevai rapidement,
clopinant sur ma jambe
maintenant enflée. Je
ne pouvais pas laisser
Sully me dépasser !

Je déployai un dernier
assaut d'énergie en
même temps que le fit

Sully. La ligne d'arrivée était à notre portée !

—Dans tes dents, Wazowski ! souffla Sully.

—Tu délires ? Je t'ai battu ! rétorquai-je.

Puis, mon attention fut retenue ailleurs.

Toute la foule nous pointait du doigt en riant. Je ne comprenais pas. Évidemment, les ROR avaient fini premiers, mais la deuxième place, ce n'était pas mal du tout ! Pas vrai ?

—En deuxième place,
les Joks Thêta Clac !
annonça le v.-p.

Quoi ? ? ?

—L'équipe entière doit
franchir la ligne, cria
Johnny.

Oh, non. Je ne pouvais
rien faire, sauf regarder,
une à une, les équipes

de EEK, PNK et HSS traverser le fil d'arrivée. Puis, finalement, après ce qui me sembla une éternité, le reste des Oozma Kappa sortit en titubant du tunnel.

—Dernière place : Oozma Kappa ! dit le v.-p.

—Non ! m'exclamai-je.

Ma dernière chance
de devenir une terreur
venait de partir en
fumée.

—Un instant !
dit soudain le v.-p.
Les Joks Thêta Clac
ont été disqualifiés !

Je levai les yeux juste
à temps pour voir un
arbitre essuyer une
couche de gel protecteur
sur le dos d'un des
membres des JOX.
Les JOX avaient triché.
Ils étaient éliminés,
ce qui voulait dire…

–C'est un miracle !
Oozma Kappa est de
retour au jeu ! déclara
le v.-p.

Quel soulagement !
Puis, je vis
Mme Hardscrabble
qui me regardait
d'un air mauvais.

—Votre chance va finir par tourner, Wazowski, dit-elle.

Je me tournai vers mon équipe. Abattus et enflés à cause de leurs collisions avec les oursins, mes frères me semblaient encore moins terrifiants qu'à l'habitude.

Remporter la victoire aux Jeux de la Peur ne serait pas chose facile.

CHAPITRE 7

Après cette première épreuve, j'avais bien compris que je ne gagnerais pas les Jeux tout seul.

La deuxième
épreuve, Éviter les
parents, consistait
principalement à éviter
la capture. Dans le
vrai monde de la peur,
aucune terreur ne veut
se faire prendre par le
parent d'un enfant.

Pour cette épreuve,
chaque équipe
devait se faufiler
dans la bibliothèque
de l'Université des
Monstres pour y
récupérer son drapeau
sans se faire prendre par
la bibliothécaire.

Plus tôt, cette journée-là, j'avais rassemblé mon équipe pour une petite réunion stratégique.

—À compter de maintenant, nos esprits ne font plus qu'un...
et se fondent sur mon esprit, leur dis-je.

Je vous dirai exactement
quoi faire et comment
le faire.

Je ne pouvais prendre
le risque de les laisser
se planter, encore
une fois.

Le soir venu, pendant
l'épreuve, nous
avancions en une

seule ligne à travers
le sol grinçant de la
bibliothèque pour
mettre la main sur
notre drapeau.
Celui-ci était accroché,
avec les autres, sur
le bras d'une statue
perchée sur le balcon
du deuxième étage.

Nous pouvions voir
la bibliothécaire, bien
assise à son poste.
Elle avait l'air d'une
inoffensive vieille
pieuvre.

Au même moment, le
plancher craqua quand
un garçon qui étudiait
se leva de sa chaise.

La bibliothécaire se retourna vivement.

Puis, elle s'éleva haut dans les airs. Plus haut, encore plus haut…

Elle devait maintenant être aussi grande que l'édifice lui-même !

–Chut ! grogna-t-elle, un doigt posé sur sa bouche.

Elle prit l'étudiant dans l'un de ses tentacules et l'expulsa de la bibliothèque par une ouverture du toit voûté.

C'était l'une des choses les plus effrayantes que j'aie jamais vues.

Toute l'équipe pressa le pas. On voulait tous

en finir au plus vite
avec cette épreuve.

Mais je ne voulais pas
bousiller nos chances
de gagner cette course.

—Faites exactement
ce que je vous dis,
chuchotai-je. Lentement,
mais sûrement.

—Lentement, mais sûrement, répétèrent-ils en chœur.

Je remarquai alors que plusieurs des autres équipes avaient déjà récupéré leur drapeau. Sully s'impatientait. Finalement, n'y tenant plus, il se mit à courir.

—Sullivan! crachai-je.

—Sullivan! répéta
le reste des OK.

Je leur fis signe
de se taire, mais
ils m'imitèrent.
Ils faisaient exactement
ce que je faisais.

Entretemps, Sully
s'était agrippé à une

échelle et grimpait jusqu'au balcon. Sa stratégie le rapprocha de notre drapeau, mais il ne parvenait toujours pas à l'atteindre. Tandis qu'il s'étirait davantage, l'échelle bascula et se brisa. Sully tomba au sol.

La bibliothécaire
s'élança vers lui.
Sully était cuit!

POP! POP! POP!

Un gros bruit freina
la bibliothécaire dans
sa course. C'était Don
qui faisait bruisser ses
ventouses sur le sol pour
attirer son attention.

La bibliothécaire
changea de direction,
abandonnant Sully
pour se concentrer
sur Don.

Puis, un gros BOUM!
se fit entendre. Terri
et Terry s'activaient dans
tous les sens, faisant un
grabuge tonitruant.

Art se mit à rouler sur lui-même comme une grosse roulette mauve et poilue. La bibliothécaire était confuse. Elle ne savait plus sur qui abattre ses tentacules.

Pendant tout ce temps, l'équipe des EEK avait formé une pyramide pour atteindre leur drapeau. Au moment de le saisir, la bibliothécaire passa près d'elles et les fit dégringoler.

Je voulais rester et finir l'épreuve, mais les membres de mon équipe m'entraînèrent vers la porte. La bibliothécaire nous fonçait dessus.

Je fus le dernier sorti,

et de justesse !

–Hourra ! cria Art.

On a réussi !

–On n'a rien réussi du

tout, lui dis-je, furieux.

On a oublié le drapeau.

–Mike, dit une voix

timide.

Je me retournai et vis Squishy. Il tenait à la main le drapeau d'Oozma Kappa.

—Mais comment? bafouillai-je.

—Personne ne m'a remarqué, j'imagine, dit Squishy en soulevant les épaules.

—On appelle ça une diversion, dit Terri en souriant.

Je compris alors que j'avais sous-estimé ma troupe.

Oozma Kappa était toujours dans la course.

CHAPITRE 8

Sur le chemin du retour vers la maison Oozma Kappa, les filles de la sororité PNK nous arrêtèrent.

—Hé, vous allez à la fête, les gars? nous demanda l'une d'elles.

Elle nous expliqua qu'une grosse fête était organisée chez les ROR.

—C'est pour les meilleures équipes de terreurs, ajouta-t-elle.

Vous êtes des nôtres, maintenant, pas vrai ?

—Mauvaise idée, dit Sully aussitôt qu'elles furent parties.

Je n'étais pas d'accord.

—Les autres nous voient enfin pour ce que nous sommes, de vraies terreurs, dis-je à mon équipe. Allons-y.

Plus tard dans la soirée, la troupe Oozma Kappa mettait les pieds dans la maison des ROR.
À l'inverse de la maison de la maman de Squishy, cette maison était une vraie fraternité.

Cet endroit transpirait la tradition !

En entrant dans la maison, je remarquai que tous les monstres présents nous regardaient. Puis, quelqu'un cria :

—Oozma Kappa !

Et tout le monde se mit à applaudir. Je dois admettre que j'étais plutôt content.

Après un moment, Johnny demanda une minute d'attention. Une à une, il félicita les équipes qui faisaient toujours partie des Jeux.

Je me tenais fièrement avec les autres membres de mon équipe.

Soudainement, les ROR nous assaillirent! Ils nous lancèrent de la peinture, des paillettes et des fleurs. Puis, comble de la honte, Randall tira sur une corde et une pluie de toutous en peluche nous tomba dessus.

—Une bonne main d'applaudissement pour Oozma Kappa ! cria Johnny. Les plus adorables monstres de tout le campus !

Le lendemain, une photo des Oozma Kappa, couverts de brillants et d'animaux en peluche, apparaissait sur la première page du journal étudiant. Pire encore, les ROR avaient placardé cette humiliante photo sur les murs de toute l'école.

Quand je confrontai Randall, il me dit simplement :

— Qu'aurais-tu fait à ma place ?

Il voulait à tout prix être accepté des ROR, même si ça signifiait participer à leurs mauvaises blagues.

J'allai donc voir Johnny.

—Je veux que tu arrêtes de nous faire passer pour des ploucs, lui dis-je.

—Vous y réussissez très bien vous-mêmes,

répondit-il. Soyons réalistes, vous ne serez jamais de vraies terreurs. Les vraies terreurs, ce sont des monstres comme nous. Mais, tu sais, si tu veux absolument travailler sur le Niveau Terreur, ils embauchent toujours au courrier.

Il retourna le journal
et me montra une
annonce d'embauche.
La compagnie Monstres,
Inc. était à la recherche
de commis.

Johnny et ses frères
des ROR faisaient tout
en leur pouvoir pour
nous saper le moral.

Le pire, c'est que ça fonctionnait. Je n'avais jamais été aussi déprimé de toute ma vie.

—On se ridiculise, dit Sully quand les gars des ROR furent sortis.

—Il a raison, dit Don. Peu importe l'effort qu'on pourra déployer, on ne leur arrivera jamais à la cheville.

J'étais déconfit. Je commençais à peine à croire en l'équipe des Oozma Kappa, alors qu'eux se dégonflaient déjà. Ils avaient besoin d'être motivés.

—Les gars, leur dis-je. C'est l'heure de faire une petite excursion.

Tard cette nuit-là, nous nous arrêtions devant un immense édifice. Mme Squibbles, la maman de Squishy, nous y avait conduits.

–Où sommes-nous?
demanda Art.

–Dans la cour des
grands, répondis-je
en montrant du doigt
une grande affiche sur
le bâtiment.

MONSTRES, INC.

Quelques minutes plus tard, je traversai la grille et entraînai mon équipe sur le toit.

Chacun observa par le puits de lumière l'activité qui bourdonnait sur le Niveau Terreur. Sous nos yeux, les plus grandes terreurs du monde

recueillaient des cris.
Il y avait de grandes
terreurs et de petites
terreurs. Certaines
étaient velues, d'autres,
couvertes d'écailles.

—Regardez bien, mes
amis, dis-je à mon
équipe. Vous voyez
ce qu'ils ont tous en
commun ?

–Pas vraiment, dit
Squishy.

—Tu as tout compris, lui dis-je. Il n'y a pas qu'un seul type de terreur. Les meilleures terreurs utilisent leur différence à leur avantage.

—Regardez! s'écria Sully. C'est Bob Gunderson «le Hurleur»! J'ai encore sa carte de recrue.

−Moi aussi!
dis-je en souriant.
Tu collectionnes les
cartes terreurs, hein?

−Ouaip, admit Sully.
J'en ai quatre cent
cinquante.

J'ai toujours collectionné les cartes terreurs. Je réalisai alors que, pour une fois, Sully et moi avions quelque chose en commun.

Sully soupira.

–Je n'ai vraiment pas été sympa avec toi, dit-il.

—Moi non plus, répondis-je. Mais il n'est pas trop tard. Nous pourrions former une équipe du tonnerre, mais il faut qu'on travaille ensemble.

À compter de ce moment-là, Oozma Kappa devint une vraie équipe.

Chacun trouva une façon de mettre à profit ses talents. Et, tous les matins, je retrouvai ma troupe pour un entraînement de groupe. Rapidement, nos nouvelles méthodes semblèrent porter leurs fruits.

La troisième épreuve
des Jeux de la Peur
s'intitulait « Ne pas
effrayer l'ado ».
Nous devions courir
dans un labyrinthe
où des images
cartonnées grandeur
réelle d'enfants et
d'adolescents

nous apparaissaient

au hasard. Le but était

d'effrayer les enfants,

d'éviter les adolescents

et de sortir

du labyrinthe le

plus vite possible.

Oozma Kappa se

classa deuxième, juste

derrière les ROR !

L'épreuve suivante,
« Cherchez l'intrus »,
était un défi
de camouflage.
Je n'oublierai jamais
le moment où l'arbitre
passa à côté de Sully
sans le voir. Il se faisait
passer pour une carpette !
Mais le réel héros de
cette épreuve fut Don.

Il se cacha au plafond
en tenant suspendu
par ses ventouses !

Contre toute attente,
et surtout grâce à notre
travail acharné,
Oozma Kappa faisait
toujours partie des Jeux.

Après quatre épreuves, il ne restait plus que les ROR et les OK.

—Profitez bien de l'attention que vous recevez pendant que ça passe, se moqua Johnny Worthington.

Après votre défaite,
plus personne ne se
souviendra de vous.

—Peut-être bien,
répondis-je. Mais quand
vous perdrez, tout le
monde s'en souviendra
longtemps.

Ce gars-là était méchant
jusqu'à la moelle.
J'avais hâte de le
mettre au tapis.

CHAPITRE 9

La veille de l'épreuve finale, j'étais bien trop nerveux pour dormir.

—Nous allons gagner, demain, Sully. Je le

sens ! dis-je à mon compagnon de chambre.

—Tu sais, me dit Sully d'un air sérieux, tu m'as donné beaucoup de bons conseils. J'aimerais bien te rendre la pareille.

—D'accord, bien sûr, lui dis-je. Quand tu veux.

Puis, tout à coup,
Sully se mit à bouger
les meubles, créant un
vaste espace libre dans
notre chambre pour
nous permettre de nous
exercer.

—Bon, dit-il. Tu as
mémorisé tous les livres
pratiques, ce qui est

super, en soi. Mais,
maintenant, tu dois
oublier tout ça.
Recentre-toi et laisse
sortir le méchant.
Fais-moi peur !

J'obéis. Je rugis et je
rugis encore.

–Plus fort ! dit Sully.
Arrête de réfléchir !

Je fis de mon mieux.

–Comment c'était ?
demandai-je.

Pour toute réponse,
il me donna une tape
encourageante dans
le dos.

Quand je regagnai
mon lit, je jetai un œil
à ma casquette MU.

Demain serait une grosse journée. J'étais prêt.
J'avais hâte.

Le lendemain soir, nous devions nous présenter au stade MU pour l'épreuve finale des Jeux de la Peur.

Deux simulateurs
de peur y avaient été
installés. Les OK et
les ROR devaient
s'affronter dans
les simulateurs.
L'équipe cumulant
les plus hauts scores
remporterait
la compétition.

—Soyez avisés, dit le président du Conseil des Associations, que les simulateurs ont été réglés au niveau de difficulté le plus élevé.

Mon cœur battait à tout rompre. Tous les étudiants de l'Université des Monstres étaient présents, et la foule était en liesse. C'était le moment que j'avais tant attendu. C'était ma seule et unique chance de montrer à toute l'école à quel point je pouvais être terrifiant.

—Les premières terreurs
en piste, s'il vous plaît!
annonça le président.

Je rassemblai
mon équipe.

—Bon, alors, comme
on l'a décidé, dis-je,
j'y vais, puis ce sera
au tour de Don, et...

—Une minute, dit Sully.
Mike a commencé
tout ça. Je pense qu'il
lui revient de clore
l'aventure.

Les autres OK
acquiescèrent.

—Vas-y, Mike ! dit
Squishy. Finis ça
en beauté !

Je ressentis une vague de fierté en voyant toute la confiance que me témoignait mon équipe.

Je reculai, et Don s'avança pour passer le premier. Il affrontait Bruiser, un gigantesque monstre des ROR.

Au signal,

ils foncèrent dans leur

simulateur de peur.

Nous pouvions voir

ce qui se passait

à l'intérieur grâce

à des écrans géants

suspendus dans l'arène.

La performance de

Bruiser était solide.

La bonbonne à cris se remplit presque à moitié. Mais le score de Don était encore meilleur. Je savourai le regard outré de Johnny quand il comprit que Don avait battu Bruiser!

En les regardant faire, je n'avais aucun doute.

Les ROR étaient de terribles terreurs.

Mais nous étions tout aussi doués! Terri et Terry, Squishy et Art n'ont pas laissé leur place devant leurs compétiteurs des ROR.

C'était maintenant au tour de Sully.

Il affrontait Randall.

Sully rugit si fort que les deux simulateurs tremblèrent et Randall en perdit toute sa concentration.

Les scores étaient à égalité. Johnny et moi étions les derniers à passer.

C'était mon tour.

Tout reposait sur mes
épaules. Tous mes
rêves dépendaient de
ce moment crucial.
Je regardai autour
de moi et je vis la
Doyenne Hardscrabble
qui me regardait d'un
air sévère.

—Hé, me dit Sully.
Tu vas prouver à
Hardscrabble qu'elle
a eu tort. J'ai confiance
en toi, mon vieux.

Johnny prit place à
côté de moi sur la ligne
de départ. Le signal
retentit, et je fonçai
vers mon simulateur.

Aussitôt que la porte
se referma derrière moi,
tous mes apprentissages
me revinrent en
mémoire. Je fis bouger

les rideaux et grincer la base du lit. J'échafaudais ma terreur.

Mais toutes les pensées décourageantes qui avaient accompagné mon parcours m'occupaient l'esprit. Puis, je me souvins que Sully m'avait dit

de me recentrer, de
puiser au plus profond
de moi, et de laisser
sortir le méchant.

C'est ce que je fis.
Je me laissai aller.
Je rugis comme
jamais je n'avais rugi
auparavant.

Je sortis de mon simulateur de peur et je faillis tomber sur le dos quand j'aperçus mon score. J'avais rempli ma bonbonne à ras bord. J'avais battu Johnny Worthington !

La foule était en délire ! L'instant d'après, mon équipe me souleva et me transporta sur ses épaules.

Nous avions réussi ! Oozma Kappa avait remporté les Jeux de la Peur de l'Université des Monstres !

J'allais donc être
réadmis dans le cursus
Terreur. Ma vie allait
reprendre son cours.
Mes rêves allaient
enfin devenir réalité.

Plus tard, alors que la
foule commençait à se
disperser, je retournai
dans le simulateur de

peur. Je voulais revivre ma victoire une dernière fois.

Sully me suivit.

—Je vais être une terreur ! lui dis-je, comme pour me convaincre.

Je n'y croyais pas encore.

—Oui, tu seras une
vraie terreur, dit-il
en souriant.

—Tu entends ça ?
dis-je à l'enfant
robotisé. Tu n'as pas fini
d'entendre parler
de Mike Wazowski !
Bouh !

L'enfant bondit dans son lit en criant à pleins poumons. La bonbonne se remplit à nouveau.

—Je savais que j'étais terrifiant, lui dis-je, mais pas à ce point-là!

—Oui, dit Sully, mal à l'aise. On est si terrifiants qu'on a dû briser la machine. Viens, suis-moi.

Il voulait qu'on s'en aille, mais j'avais l'impression que quelque chose clochait.

J'ouvris le tableau de contrôle du simulateur. Celui-ci comportait six panneaux de commande, un pour chacun des membres d'Oozma Kappa. Chacun était réglé sur le niveau de difficulté le plus élevé, sauf le mien. Le mien avait

été placé au niveau
le plus faible.

Voilà pourquoi j'avais
rempli la bonbonne,
alors que personne
d'autre n'y était
parvenu. Ce n'était
pas parce que j'étais
le plus terrifiant de
tous, mais bien parce

que quelqu'un m'avait rendu la tâche facile. Quelqu'un avait triché.

—C'est toi qui as fait ça ? demandai-je.

—Oui, mais tu ne comprends pas… bafouilla Sully.

–Pourquoi? criai-je,
alors que je connaissais
pourtant la réponse.
Tu ne me trouves
pas terrifiant?

À voir l'expression
sur son visage, je savais
que j'avais frappé en
plein dans le mille.

—Tu m'as dit que tu
avais confiance en moi,
lui dis-je.

—Je voulais simplement
t'aider, dit Sully.

—Non, c'est toi
que tu voulais aider,
rétorquai-je.

—Mais que voulais-tu
que je fasse? s'écria
Sully. Laisser tomber
toute l'équipe seulement
parce que tu n'as pas ça
en toi?

Il admit enfin ce que
j'avais toujours craint.
J'étais certain qu'il
avait tort. Et il n'y avait
qu'une seule façon
de le prouver.

Je laissai Sully en plan,
sans un mot de plus.
Je savais exactement
ce que je devais faire.

Je traversai le campus
à toute vitesse
jusqu'au labo.

Le labo fermait ses
portes pour la nuit.
Quand le dernier
étudiant en sortit,
je me glissai
à l'intérieur.

Ça ne me prit que quelques secondes pour activer une porte.

La sécurité s'aperçut aussitôt que quelqu'un s'était introduit dans le labo. Mais j'en avais bloqué l'accès avec un chariot rempli de bonbonnes à cris.

Les agents furent
contraints de me
regarder faire, alors
que j'ouvrais la porte
et que je traversais dans
le monde des humains.

CHAPITRE 10

J'avançai dans la
pièce plongée dans
la pénombre. Puis,
je distinguai un lit
où dormait une petite

fille. Une vraie fillette humaine. Je m'approchai du lit en silence. Je me penchai lentement au-dessus… et je rugis de toutes mes forces.

La fillette se redressa et me regarda droit dans l'œil.

Je rugis de plus belle.

—Tu es drôle, toi,
dit-elle en souriant.

Mon cœur fit trois tours.
Elle ne me trouvait pas
terrifiant. Pas même un
tout petit peu.

J'entendis quelqu'un
tousser. Je regardai
autour de moi, puis je
compris que je n'étais

pas dans la chambre d'un enfant, mais plutôt dans un genre de chalet, qui était rempli d'enfants. J'avais mis les pieds dans un camp de vacances !

Je sortis du chalet à toutes jambes.

Je ne regardais
même pas où j'allais.
Pour être honnête,
ça m'était égal de ne
plus jamais retourner
à Monstropolis.

Je ne savais pas depuis
combien de temps j'étais
assis près du lac quand

Sully m'a trouvé. Je regardais ma réflexion sur l'eau en pensant aux événements des dernières semaines et à mes rêves brisés quand j'entendis sa voix.

—Allez, mon vieux, chuchota-t-il en me voyant. Sortons d'ici.

Je ne bougeai pas
d'un poil.

– Tu avais raison, lui
dis-je. Ils n'ont pas peur
de moi. J'ai fait tout ce
qu'il fallait. Je le voulais
plus que quiconque.
Je croyais qu'en y
croyant suffisamment,
je pourrais prouver à

tous que Mike Wazowski
avait quelque chose
d'unique, de spécial.
Mais je ne suis… rien.

—Je sais comment tu te
sens, dit Sully.

—Tu n'as aucune idée
de ce que je ressens,
lui dis-je, pris de colère.

Les monstres comme
toi ont tout ce qu'ils
veulent. Tu ne connaîtras
jamais l'échec, tu es
un Sullivan !

Sully soupira.

—Je suis peut-être un
Sullivan, dit-il, mais je
sais ce que c'est, l'échec.

Je me comporte en terreur, Mike, mais la plupart du temps, c'est moi qui suis terrifié.

Je ne connaissais pas ce côté de Sully.

—Pourquoi tu ne m'en as jamais parlé? lui demandai-je.

—Parce que nous n'étions pas des amis, répondit-il.

Notre conversation fut interrompue par des voix inconnues.
Les gardiens du camp ! Sully s'enfuit dans la forêt et je me trouvai rapidement une cachette. Je regardai

les gardiens partir
à sa recherche.

Il avait besoin de moi !

Je le rattrapai alors
qu'il essayait
de grimper une pente
escarpée. Je l'aidai
à monter, puis je
l'entraînai vers
le chalet. Il n'y avait

qu'un passage possible
pour retourner à
l'Université des
Monstres, et c'était
par le placard.

Les enfants avaient
été évacués, et les
gardiens étaient
toujours en chasse.
J'entrai dans le chalet,
juste derrière Sully.

Mais, en ouvrant la porte du placard, Sully constata que le passage vers le labo n'était plus là ! La porte avait été désactivée depuis l'université.

—Nous devons sortir d'ici, dit Sully.

—Non, lui dis-je.

Laissons-les revenir.

Si nous les effrayons,

je veux dire, si nous

les terrifions comme

toi seul sais le faire,

nous pourrons générer

suffisamment de cris

pour activer la porte

de ce côté. Fais ce que

je te dis.

Sully resta tapi dans l'ombre et je me cachai sous un lit jusqu'à ce que les gardiens reviennent. Puis, je commençai à échafauder la terreur. Je soufflai à Sully de grogner. Je rampai doucement en faisant craquer le plancher. Évidemment, les gardiens ne savaient

pas ce qui rôdait.

Ils balayaient la pièce

avec leur lampe de

poche, mais nous

évitions toujours le

faisceau à temps.

Puis, Sully empila

les lits devant la porte

du chalet. Les gardiens

crièrent, pris de panique.

C'était le moment
ou jamais.

— Tu es prêt?
demandai-je à Sully.

— Mike, je ne peux pas,
dit Sully en secouant
la tête.

— Oui, tu peux, lui dis-je.
Arrête d'être un Sullivan
et sois toi-même.

Sully sortit de l'ombre
et rugit.

Il se laissa aller.

Pour ça, oui,

il se laissa aller.

Les gardiens crièrent
tous en même temps.
Jamais je n'avais
entendu pareil cri.

La porte du placard
se remit à briller,
de plus en plus fort,
nous montrant la voie
vers notre monde.
J'attrapai Sully par
le bras, puis je m'élançai
à travers la porte…
au moment même où
elle volait en éclats.

CHAPITRE 11

Je secouai la tête.
Mes oreilles
bourdonnaient.

Quand je recouvrai
ma vision, la première
chose que je vis fut

Mme Hardscrabble.

Elle nous regardait d'un air que je ne lui avais jamais vu.

—Comment avez-vous fait ça? demanda-t-elle.

Avant que je puisse répondre, le Centre de détection antienfant émergea dans la salle.

Les agents du CDA
nous encerclèrent,
puis nous escortèrent
hors de la pièce.

J'entrevis Don, Terri
et Terry, Art et Squishy
parmi une foule
d'autres étudiants.
La dernière chose
que j'entendis fut :

−Qu'est-ce qui va leur arriver, maintenant?

Le CDA nous entraîna directement dans le bureau du président de l'université. Le président nous informa aussitôt que nous étions renvoyés de l'école.

Ça ne m'étonna pas du tout. Sully aussi savait que nous méritions d'être renvoyés après avoir enfreint autant de règles.

À notre retour à la maison des OK, j'annonçai la mauvaise nouvelle à nos amis.

—Vous êtes renvoyés ?
dit Don, aussi saisi
que s'il avait reçu une
claque en pleine figure.

—C'est affreux, dit Art.

—Je suis désolé,
les gars, dis-je.
Si ce n'était pas de moi,
vous feriez tous partie
du cursus Terreur.

—Eh bien, dit lentement Don, en pesant ses mots. C'est bien la plus horrible nouvelle…

—Hardscrabble nous a admis au cursus Terreur! s'exclama soudain Terry. Elle a été impressionnée par notre performance pendant les Jeux.

À ce moment-là,

je ressentis une fierté

aussi grande que

si j'avais moi-même

été admis dans le

programme.

—Vous êtes les monstres

les plus terrifiants que

j'aie jamais rencontrés,

leur dis-je. Ne laissez

personne vous faire
croire le contraire.

C'est qu'ils allaient
me manquer, ces
braves garçons.

Après avoir salué
les autres OK,
je partis avec Sully.

Tandis que nous passions la grille principale, Sully se tourna vers moi :

— Alors, maintenant, qu'est-ce qu'on fait ?

— Tu sais quoi ? lui dis-je. Pour la première fois de ma vie, je n'en ai aucune idée !

−Tu es le grand Mike
Wazowski ! me dit
Sully. Tu trouveras
bien quelque chose.

Je souris timidement.

−Je crois que je vais
laisser la grandeur
aux monstres qui le
méritent, lui dis-je. Je
vais me contenter d'être

ordinaire. Ça me
convient, après tout.

Un autobus s'arrêta
devant nous.
Je serrai la main
de mon nouvel ami
et je montai à bord.

Alors que l'autobus
se mit en route, je vis
le Département de la

Peur s'effacer et, avec lui, tous mes rêves.

Puis, tout à coup, je vis apparaître Sully à ma fenêtre. Il s'était agrippé à l'autobus en mouvement !

— Arrêtez ! criai-je au chauffeur.

Le véhicule s'arrêta net.

Je débarquai et retrouvai Sully dans la rue.

—Mike, dit Sully.
Je ne connais pas un monstre qui peut faire ce que tu as fait. Tu as réalisé la plus grande terreur que cette école ait jamais connue !

–C'était toi, Sully,
lui dis-je.

–Non, insista Sully.
C'était toi. Tu crois que
j'y serais arrivé sans
toi? Mike, tu n'es pas
terrifiant. Pas même un
tout petit peu. Mais tu
n'as peur de rien! Et si
Hardscrabble ne voit pas

ça, c'est qu'elle est juste une…

—Une quoi ? demanda une voix derrière nous.

Je faillis perdre connaissance. Quand je me retournai, la Doyenne Hardscrabble elle-même était là. Elle me tendit le journal étudiant.

—Vous revoilà en première page, dit-elle. Ensemble, vous avez fait ce que personne avant vous n'avait fait. Vous m'avez étonnée. Je devrais peut-être garder l'œil ouvert pour d'autres « surprises » dans votre genre.

C'était un drôle de moment. J'obtenais enfin le respect que j'avais recherché depuis le début. Dommage qu'il arrive trop tard.

—En ce qui vous concerne, je ne peux rien faire, à part vous souhaiter bonne chance,

dit-elle. Monsieur
Wazowski, n'arrêtez
surtout pas de nous
surprendre.

Puis, elle s'envola.

Je baissai les yeux vers
le journal que j'avais
en main. Je remarquai
une annonce au bas
de la page. « Nous

embauchons. » Puis, il me vint une idée.

Je me tournai vers Sully.

—Je connais une autre façon d'entrer sur le Niveau Terreur, lui dis-je.

Il sourit. À ce moment-là, je sus tout de suite que nous ferions une équipe imbattable.

ÉPILOGUE

otre premier emploi chez Monstres, Inc. fut dans la salle du courrier.

Mais ce ne fut pas notre dernier. Après le

courrier, nous sommes passés à la conciergerie. Puis, nous avons été promus à la cafétéria. Ensuite, nous avons été manutentionnaires de bonbonnes à cris.

Nous avons travaillé fort, et notre travail d'équipe nous a bien servis, un peu comme

à l'époque des Jeux
de la Peur.

Puis, le grand jour est
arrivé. Monstres, Inc.
nous a conviés aux
qualifications pour
devenir une équipe
terreur. Avec mon
savoir-faire général et
le talent brut de Sully,

nous avons obtenu
le poste.

Sully et moi étions
enfin une équipe
terreur.

Lors de notre première
journée, je m'arrêtai
à l'entrée du Niveau
Terreur et je pris une
profonde inspiration.

C'était le moment pour lequel j'avais travaillé toute ma vie. J'avais peine à croire que j'y étais vraiment parvenu.

Je baissai les yeux
au sol. Une ligne
de sécurité y
était peinte.
C'était cette même
ligne que j'avais
traversée tant d'années
auparavant, alors que
je n'étais qu'un petit
monstre.

Sully avança sur

le Niveau Terreur.

—Tu viens, coach ? demanda-t-il.

Je traversai la ligne.

—Tu peux compter sur moi ! lui dis-je.